엄마의 계절

엄마의 계절

초판 1쇄 발행 2025년 2월 10일

지은이 | 정경혜
만든이 | 이한나
펴낸이 | 이영규
펴낸곳 | 도서출판 그린아이

등록 연월일 | 2003. 12. 02.
등록 번호 | 제2-3893호
주소 | 서울특별시 은평구 녹번로 6-11, 201호
전화 | 02)355-3035 팩스 | 031)965-4679
이메일 | gmh2269@hanmail.net

ISBN 979-11-91376-45-6(03810)

엄마의 계절

정경혜 제4시집

그린아이

봄을 기다리면서

며칠 전 무겁도록 눈꽃을 달고 서 있던 나무들이 본색을 드러내고 있습니다. 아직도 찬바람이 나무 끝에 매달려 있긴 하지만 곧 봄이 올 것입니다.

세 번째 시집을 낸 지 9년이 지났습니다. 짧지 않은 시간이었지만 쉬엄쉬엄 힘에 부대끼지 않고 내게 주어진 그릇에 담을 만큼만 조촐하게 시를 모았습니다.

출간을 앞두고 생각나는 사람들이 있습니다. 먼 길 떠난 친구들이 생각납니다. 작은 일에도 감동해 주고 손뼉치며 격려해 주던 친구들의 따뜻한 미소가 그리워집니다. 외로울 때 손잡아 주지 못한 친구들에게도 여전히 사랑하고 있다고 말해 주고 싶습니다.

인생의 황혼길을 함께 걸어가고 있는 소중한 친구들이 있어서 행복하다는 말 전합니다. 말주변이 없는 사람이어서 이 한 권의 책을 통하여서 나의 진심을 전합니다.

내 인생의 최애 동반자 이장우 시인과 밝고 착한 12명의 자녀손들이 울타리가 되어 주어서 감사하고 행복합니다.

시의 길을 계속 걸을 수 있도록 멘토가 되어 주신 김지원 목사님과 여러 문우님들, 그리고 정성껏 책을 만들어 주신 도서출판 그린아이 대표 이영규 장로님께 감사의 인사를 드립니다.

하늘 우러러 감사의 기도를 올립니다.

2025년 1월
정평공원 창가에서
정 경 혜

차례

제2부 붉은 성, 알함브라

차 례

제4부 봄날 회상

제1부

엄마의 계절

엄마의 계절

실버들 노란 주렴 사이로
봄이 찾아왔는데
나는 없다

봄기운 자박자박 걸어오는데
생각은 가을
바람이 가슴을 할퀸다

스산한 가을빛에
가슴 베일 것 같다 하시던
엄마가 생각난다

엄마의 계절 속에
어느덧 내가 와 있다.

녹음

소나기 지나간 뒤
매미 소리 청량하고

바람이 분다

온갖 나무들이 흔들린다
나도 흔들린다

천지는 초록.

꽃무릇

주황빛 물결치는 공원
꽃무릇 군락지에 가을이 깊어지면
꽃잎은 떨어지고
꽃 진 자리에 돋아나는 잎사귀들

남기고 간 님의 체온 느낄 수 있을까
눈으로 볼 수 없고
손으로도 만질 수 없어
더욱 애잔함으로 피고 지는 꽃

행여나 만나게 될까 기다리다가
만남의 순간에서 어긋나는 길
아, 지상에서는
이루어질 수 없는 사랑!

겨울은 오고 있는데

머리칼 풀어 헤친 바람
낙엽을 쓸고 있다

가지 끝에 펄럭이는
외로운 마음 하나

바람의 길을 막을 수 없듯이
쉼없이 흘러가는 시간

땅에 심은 나무들
뿌리 내리지 못했는데
겨울의 어귀에 서 있는
내 어깨가 시리다

어린 나무들을 품어 주소서
당신의 품안에서 뿌리 깊게 하소서

바람이 낙엽을 굴리는 길목
썰렁한 가지 끝에 매달려
길어지는 기도의 시간.

애기똥풀

바람의 길을 누가 막을 수 있는가

그 길 따라
겨울은 가고 봄이 오고
꽃이 피고 꽃이 진다

어느덧
초록 천지 속에
노랗게 웃고 있는 애기똥풀
철부지 모습 그대로
방천길을 물들이고

꽃을 찾던 어린 소녀는
긴 머리 청년이 되었는데

바람의 길을 따라
갔다가 다시 오는
아련한 실루엣.

덕유산 자락을 지나며

노란 낙엽송 군락들
굽이굽이 주름 잡힌 덕유산 자락
고향으로 오가던 길

곰삭은 장맛처럼 익숙해진 너와 나
먼 길도 지루한 줄 몰랐다

부릉부릉 왔다 간 흔적 남기며
주거니 받거니 돌아가던 산모롱이
새 길이 나서 버리게 된
마음속에만 살아 있는 옛길

버려진 것들이 그리워
추억의 문을 열면

아~
그리움 속에서 피어나는
노란 낙엽송
눈부시던 그 길.

작은 풀씨 하나

정평천에 봄이 왔다
작은 풀씨 하나
푸른 숨을 쉬고 있다

오~ 대지여
천둥치던 밤에도 안고 다독였던
작은 풀씨,
새 순으로 눈을 떴네

눈보라 치던 밤에도
가슴에 품었던 작은 풀씨
마른 덤불 속에서
출생신고를 올리네

대지엔 봄기운이 불고 있는데
봄보다 먼저 태동한 전쟁의 소문과
적폐청산의 칼끝과
'me too' 아픈 바람이
망울을 터트리고 있네

오~ 대지여
내 작은 맘에도 풀씨 하나 품게 하소서
더 위대한 출생을 위한 산고의 시간이
필요했다고 말할 날이 오게 하소서

햇볕 좋은 정평천 마른 덤불 속
파랗게 돋아나는 어린순이
눈시울에 맺힌다.

십이월

찬바람이 시간을 재촉하는데
서걱이는 낙엽 위에
마무리짓지 못한 일들은
켜켜이 쌓여 있다

사람들은 바쁘게 걸어가지만
가는 길이 서로 달라 모두가 외롭다
낙엽 위에 쌓인 미련이 많기도 하지만
말라 버린 불씨를 되살릴 손은
보이지 않는다

그렇지만,
포기할 수 없는 나의 손이
한파 속에서 한 조각 꿈을 감싸고
힘겨운 잉태를 꿈꾸고 있다.

내 이름을 기억해 주세요

아무도 불러주지 않는다
가을 유리창에 뜨거운 입김을 불고
지우고는, 다시 쓴다

운동장 모서리 모래밭에서
한 아이가 집을 짓는다
지었다 헐었다 다시 짓는다
10월 질녘햇살
노란 은행잎 하나
아이의 볼을 어루만진다

아무도 찾아오지 않는 해거름
낙엽의 무리들
마지막 춤을 추며 간구한다
이름을 기억해 달라고.

코로나

입국 심사도 받지 않고
시치미떼고 기어 들어와
이 사람 저 사람 눈치 보더니
어느새 대놓고
세상을 헤집고 다녔다

화들짝 놀란 사람들
마스크를 사기 위해 긴 줄을 섰고
PCR 검사를 받았다

헌신과 방역에도
죽음의 행렬은 끝없이 이어졌고
상점들은 셔터를 내렸다

3년,
버들잎 돋아나는 천변에서
봄이 울고 있다
입을 봉한 채
울고 있다.

흙의 맛

강남 마천루는 그림의 떡이다
보암직하고 먹음직도 하나
맛볼 수 없다

기쁨과 슬픔이 얽혀 있는
흙의 맛은 질펀하다
해가 뜨고 지는 사이마다
꽃들이 피고
꽃들이 진다

내가 서 있는 이곳,
토속의 맛이 배인 이곳,
저물어가는 만종의 들판에서
두 손을 모두고 고개 숙인다.

겨울나무

철없이 팔랑대고
잘난 척 소리쳤던 날들이 부끄러워
잎들을 털어 낸다
잎도 짐이 된다

지금은 침잠의 겨울
숨죽여 바람의 소리를 들으며
나이테를 돌리자
외로움을 엮어 돌리자

그러니 친구여
날 사랑한다면
내 침묵을 용서해 다오

동면의 시간이 지나고
내 그대 앞에 다시 서는 날
고사목에 꽃이 피는 날
나, 그대를 반기리.

제라늄

휘장을 젖히니
제라늄 붉은 꽃송이가 인사를 한다
창밖 정평산 기슭에 겨울이 깃드니
꽃송이는 더 크고 붉어졌다
네 황홀한 빛에 마음 빼앗기어
잠시 시름을 내려놓는다

이사 올 때 심은 모종이
8년째 친구하고 있다
베란다 한편에 터줏대감으로 버티고
사시사철 붉은 꽃대를 밀어 올린다
이렇게 숙식을 같이하는 친구가
남편 말고 어디 있을까

네 수명이 10년이라니
조만간 올 너의 빈자리
어떻게 채울까
만남과 헤어짐
수없는 이별의 순간을 지나며
우리는 얼마나 무력했던가!

눈 내리는 아침

찻잔을 사이에 두고
백발끼리 마주앉았다

불현듯
젊은 시절 생각이 난다
차창 밖으로 보였던 하늘은
온통 회색이었다

라일락이 필 때부터
세월을 한 바퀴 돌아
인고의 시간 끝에
라일락은 다시 피었지

세월에 밀려서 50년

반백의 남편은 아직도 건재하고
꼼꼼하게 챙겨주지 못했으나
자녀들은 잘 자라주었다

모든 허물을 하얗게 덮으려는 듯
목화송이 같은 눈이 내린다
내 모든 허물도 은혜 속에 묻힌다.

제2부

붉은 성, 알함브라

백사실계곡*

산빛은 가뭄 끝 단비에 푸르고
백사선생 별서* 터에 걸터앉아
백석동천* 남은 흔적 더듬어 본다
주인은 어디 가고 주춧돌만 남았는가

북악의 허리를 돌아
암반을 핥고 가는 개울물 소리 청량하다
산비탈 돌밭에는 노각이 익어가고
오이 한 자루 선뜻 내어주는 오두막 농심
아직도 남아 있다

계류 따라 흐르던 물줄기 사라졌는데
물길을 막아 세운 작은 집들 사이로
그 물줄기 이어 흐르고 있을 줄이야
실파 한 움큼 다듬는 초로의 조선여인
과거와 현재가 조우하는 물 위의 집

백사실 물길 따라 흐르고 있는 시간

내일도 오늘처럼 한결같기를.

*백사실계곡 : 백사白沙 이항복 선생의 별장이 있어
　　　　　　그 호를 따라 이름을 지었다는 구전이 있음.
*별서 : 한적하게 따로 지은 집.
*백석동천 : 백석은 흰 바위가 많은 북악산(백악산)을 뜻하고
　　　　　동천은 산천으로 둘러싸인 경치 좋은 곳을 말한다.

관란헌觀瀾軒

애기똥풀 피어 있는 돌담 안에
시가 살고 있다

마을 입구에 시인이 심었다는 어린나무
고목이 되었다
날로 빈집이 늘어만 가는데
섬진강 십리길이 좋아
다시 짐을 내렸단다

뒷산자락을 깔고
몸을 낮춘 관란헌
겸양의 숨소리를 듣는다
작은 웅덩이와 이끼 낀 돌들
어느 것 하나 무심한 것이 없다

토담을 타고 올라가는 담쟁이도
한 줄의 시를 쓰고 있다
주인을 닮았다

서너 해 후엔 녹색의 잎으로
벽을 다 덮을 것이라고,
칠순을 바라보는 시인은
동심으로 가득하다.

*관란헌 : 김용택 시인의 생가에 걸려 있는 현판,
　　　　물결을 본다는 뜻.

무섬다리

누구를 기다리나
내성천 무섬다리

태백에서 흘러온 물길
벗은 다리 희롱하고 스쳐간 자리
가신 임 되올까
사시사철 그 자릴 지키고 있나

낮달을 이고
하염없이 귀기울여 듣는
오고가는 물결 소리.

서귀포의 한 해 살이
—이중섭 거주지에서

초가지붕에 내리는 봄비가
눈물을 흘린다
푸른 숨 머금은 돌담을 타고

전쟁의 사선을 뚫고 내려온 곳
사랑하는 사람들 함께 있으므로
가난도 행복이라 말했던 곳
한 평 반짜리 방에서
어른 둘, 아이 둘 몸 비비고 살았다

아이들과 게가 숨바꼭질하던 자구리 해안,
생애 가장 행복했다는 서귀포의 한 해 살이
그 소박했던 추억이 는개비로 내린다

깨달음은 왜 늦게만 오는가
떠난 후에야 비로소 남겨진 그의 체취
내 눈물도 사치가 되는
그리움 묵묵히 배어 있는
가난한 화가의 거리에
비가 내린다.

성산포 오조리

떠나는 자가 있고
남은 자가 있다
옹이 박힌 상처 숨긴다고 잊어질까
숨비기꽃 지천인 해변에서
세월을 낚는 어부가 있다

숨지 않으리라
상처를 도려내고
건강한 어부사시사를 부르리라

1948년 4월,

앞바르터진목*의 절규를 듣고 있는
르 클레지오* 기념비 앞에서
내게 시집*을 건네준 사람,

아~
그는 꽃의 눈물을 볼 줄 안다

너무나 많은 것을 보았으나
그의 순한 입술의 고백은
얼마나 아름다운 슬픔이었던가

깊은 상처를 딛고 피어낸
용서와
사랑과
화해의 어울림꽃

그래서
이리도 내 마음이
저려오는가

서귀포의 푸른 물결은
말없이 출렁인다.

*앞바르터진목：성산포 일출봉 바닷가 4.3 학살터 지명.
*르 클레지오：프랑스 소설가, 2008년 노벨문학상 수상.
*시집：강중훈 시집『동굴에서 만난 사람』.

제주 성읍교회*

초가 카페 창밖으로
어둑 구름이 낮게 떠 있다

성읍 민속전통마을

동아줄로 얽어맨 지붕,
돌담길이 고즈넉하고
3개의 정낭* 걸쳐진 집 없으니
장기간 집 비우는 일 없는 듯
유채밭 거두어 태우고
채전밭 손질하는 농부가 있는
과거와 현재가 함께하고 있다

100여 년 전 교회를 설립했다는
입간판 앞에서 걸음을 멈추었다

멀찍이 예배처가 조아리고

십자가 첨탑이 우뚝 서 있다

텅 빈 마당에 어둠이 내린다.

*성읍교회 : 한불수교 후 천주교회당의 자리였는데 천주교를 상대로 민란을
　　　　　 일으킨 이재수의 난 이후 천주교회당이 있었던 곳에 1907년
　　　　　 평양 장대현교회에서 최초로 목사가 된 이기풍 선교사가 세운
　　　　　 개신교 교회.
*정낭 : 제주도의 대문.

바다거품
―제주도 어영마을*에서

공항으로 가는 길
바닷가 카페에서
우정을 나누어 마신다

거품을 물고 있던 검은 바위가
재채기를 토한다
일제히 날아오른 하얀 포말들
해안도로를 건너
카페 창가에 내리는 듯 사라진다
바닥으로 스며드는 희미한 물방울 자국

어찌 바다 거품뿐이랴
눈으로는 보아도
만질 수 없는 아득한 허공.

*어영마을:제주국제공항과 가까이 있는 바닷가 마을.

밴쿠버의 노을

거기,
크리센더비치의
질녘햇살은
수평선 위로 자색 날개를 펼쳤다
대영제국 여왕이 밟고 간 빅토리아섬도
얼굴이 붉어졌다

어디서 밀려왔는가
삭정이가 된 덩치 큰 통나무들
모래밭에 뒹굴며
고향을 그리며 물소리를 듣고 있다

해당화 무리들
붉은 꽃대를 세우고
내 발목을 잡는데

아, 너와 나
갈대숲이 흔들리는 저 바닷가에서
저렇게 곱게 물들고 싶어라.

알함브라의 추억

레콘키스타의 물결이
안달루시아의 오렌지 밭을 휩쓸 때에도
차마 허물 수 없었던
붉은 성 알함브라
정교한 아라베스크 문양 속에
살아 있는 무어인들의 슬픈 눈망울들

타레가의 '알함브라 궁전의 추억'이
물안개처럼 피어오르는
왕의 정원을 걷는다

아리아네스 정원이 슬프고
124개의 대리석 기둥이 슬프고
여름 궁전에 떨어지는
물소리가 슬프다

모든 것 다 버리고 떠나야 했던
나사리 왕조의 마지막 왕,
그 아스라한 울음소리가 들린다

시에라네바다의 만년설은
오늘도 녹아내리고
가고 오는 역사 속에서 아름다운
붉은 성을 적시고 있다.

코르도바 메스키타

메스키타*를 아시나요?
이베리아 남쪽 과달키비르강
천년 햇살 내리비치는
로마교橋* 너머 붉은 사원
무데하르 양식*의
모스크 안에 세워진 대성당

사원이라 부를까
성당이라 부를까

성의 주인은 누구인가
세월 따라 바뀐 역사의 흔적 위에
포개어지는 또 하나의 흔적

모스크의 웅장한 기둥 사이로
우뚝 솟은 성전의 위용

야자수와 오렌지나무
어우러진 중정에서

천년 세월을 헤아려 보다
현기증이 났다.

*메스키타:스페인어로 모스크.
*로마교:기원전 1세기 초 로마인들에 의해 만들어진 다리.
*무데하르 양식:이슬람과 기독교 양식이 혼재된 건축 양식.

선교지로 가는 길

무엇을 보게 하시려고
그곳으로 가라 하십니까
욕심을 버리게 하시고
약한 마음 담금질하시며
굳이 그 나라로 가라십니까

첫걸음부터
공항 청사가 울릴 정도로 꾸짖으심은
무슨 까닭이십니까

4시간 비행 후 도달한 서태평양 섬나라
하나하나 겉옷을 벗기며
속살 드러나게 하셨습니다

필리피언들의 가난을 보는 내 눈에
안약을 바르시며
네가 더 가난하다 일러주십니다
저들의 게으름을 지적하는 내 손에
네가 더 청결하라 일러주십니다

움켜쥔 손 펴지 못하고 순진한 손길을 외면한
내 안의 무심을 보게 하셨습니다
곳곳에서 능력의 한계를 보게 하시며
당신 없이 살 수 없는 나를 보게 하셨습니다

망고나무 아래에서 발견된 선교지
가시나무가 자라고 있는 그곳은
바로 나,
나였습니다.

파식강을 지나며

점령군이 버리고 간 옛거리
트라이시클과 지프니가
늙은 몸을 끌고 지나간다
가난한 민초들의 작은 집들이
먼지를 뒤집어쓰고 이방인을 맞이한다

그들은 왜
옛것을 허물지 못하는지
그 끝없는 수용이 슬프다

파식시티를 지나는 긴 강가에
미나리는 푸르게 자라고 있는데
민초들의 마음도 싱싱하게 자라
파식강의 기적이 이루어지기를

리노아키노 공항에서
돈 마리아노*로 가는 길에서.

*돈 마리아노 : 마닐라 근교 선교센터가 있는 곳.

갈릴리교회
—Galilee Faith Church

오래된 벽에 쓰여 있는
핏빛 글씨를 보았습니까
갈릴리 믿음의 교회

바싹 마른 고양이 한 마리
게으른 하품을 하고

분홍꽃 몇 송이 매달고 서 있는
앙상한 나무들
누구를 기다리는가

줄서서 기다리는 화장실 앞
기대어 놓은 낡은 문짝에 비치는
한 줄기 빛

하늘이 내려다보시는 그 땅을
보았습니까!

*갈릴리교회:필리핀 마닐라 근교 카인타 지역에 있는 교회.

제3부

그랬었는데

대청마루의 추억

조웅전, 장화홍련전 들으며
엄마 무릎 베고 잠들곤 했던
뒤주가 놓인 대청마루
바람이 왕래하는 여름 피서지

여름 한철 두레밥상이 놓이고
붉은 수박의 속살을 파먹었던 곳
그리운 얼굴들이 남기고 간
옛이야기 서리어 있는 곳

달빛 내리는 마루
사각 모기장은 야간 캠핑장
모기 한 마리 얼씬 못하게 하는
엄마는 파수꾼

별빛 초롱초롱하던 밤
정적을 깨우며 들려오던
동네 개 짖는 소리.

우애

시부모님 산소를 둘러보고
여행길에 나선다

기일은
동기들을 사랑으로 묶어주는 시간

막내딸 육십을 훌쩍 넘기고
큰아들 팔십 중반을 향하니
시간을 아끼는 마음 절실하다

느려터졌다고 타박하지 않고
손지팡이 나무지팡이 되어주는
아우들 탓에
무거운 걸음 옮기는 큰아들,
큰형님 어리광이 기쁨이라니
이런 동생들 어디 있나요?
부모님도 웃으시며
내려다보시겠죠!

아버지의 시간표

팔순에 일손을 놓고도 10여 년
그럭저럭 사시다가
10여 년 전에 돌아가신 아버지
꿈속으로 찾아오셨다
떨리는 목소리로 전화를 하셨다
누군가로부터 확인 도장을 받았고
병원 문을 닫아야겠다고 하셨다

아버지는 왜 20여 년 전 그 시간에
멈추어 계시는 건가
온갖 회한이 밀려왔을 그 시간
툭툭 털어버리고 일어설 수 없었던 그 시간

아, 그때 참 괴로우셨구나
잠에서 깨어난 후에야
뒤늦은 깨우침으로 가슴이 아프다

긴 세월 일을 하셨으니
쉴 때도 되셨다고 생각했었는데

저만치 흘러가버린 아버지의 시간표
아버지란 이름 때문에 묻어둔
외로운 사연들
내 힘으론 완성시킬 수 없는
아버지의 그림책

오늘따라 아버지가 더욱 그립다
청원정聽源亭 별장에서 한시漢詩를 읊으시던
우리 아버지 약운藥雲선생의 낭랑한 음성이
홍류동 물소리에 섞여 아스라이 들려온다.

말티즈를 보내며

게으른 주인 만나
옷 한 벌 걸친 적 없고
목줄 메고 나들이한 적도 없다

베란다 종려나무 아래 누워
해바라기하던 날
지중해 푸른 물결과
몰타섬* 흙냄새가 그리운가
순한 잠을 자던 너

내가 너를 버린 날,
한마디 원망 없이
떠나는 네 뒷모습이
마음 아프다

말티즈, 나의 아다다*여
너는 떠났다
누군가의 품에 안겨.

*몰타섬 : 지중해에 있는 섬, 애완견 말티즈의 고향.
*아다다 : 계용묵의 단편소설 「백치 아다다」의 여주인공.
　　　　언어장애자로 남편에게 버림받고 떠나가는 여인.

한 송이 꽃

나는 알고 있다
속으로 울고 있다는 것을
뒤돌아보는 어설픈 웃음 속에
외로움이 있다는 것을
네가 내민 한 송이 구절초는
그래서 보랏빛 눈물이었다

그래, 들에서 피는 꽃
비바람 겪으며 저 혼자 피는 꽃
약한 듯 강인한
외로움이 키운 꽃

척박한 토양에 뿌리를 내리고
창공을 이고 서서
다윗의 웃음 꿈꾸는 꽃

너는
내 자랑스러운 소망의 꽃.

여호와 라파

주치의는 소아암과 소아혈액암 전공의,
12살 아이는 잦은 혈액 체취와 검사에 지쳤다
코로나 방역으로 봉쇄된 병실에 감금당한 채
수차례 기진하여 쓰러져가며 기다린 끝에
마지막 PET 검사에서 림프종 소견을 받았다

인간의 무력함이 뼈에 사무쳤다
믿음의 다림줄을 잡고 몸부림칠 그때
스치듯 지나가시던 당신의 음성
"네 믿음대로 되리라."
"할 수 있거든이 무슨 말이냐
주 안에서 능치 못함이 없다."시던

오, 여호와 라파
슬픔을 기쁨으로 바꾸어 주셨던 반전
당신이 직접 내리신 진단, 종양이 아니었습니다
불명열로 전전하다 대학병원에 입원한 지 두 주일,
언 땅에서 봄기운 돋아나는 2022년 3월 5일 토요일,
손녀는 집으로 돌아왔다.

순천만 갈대밭에서

질녘햇살 비켜가는
전망대에 오르면
순천만 갯벌 속으로
붉은 노을이 스며든다

갈대숲에서 놀던 게와 망둥어들
갯벌 속에 잠든다

초승달 저 혼자 깨어
데크 산책로 위에서 서성이고
달달한 아카시아향
갈대밭으로 내려온다

5월의 밤,
어둠이 온 갈대밭을 덮는다

아버지와 아들과
아들의 아들이, 함께
이 길을 걷는다.

한여름 밤의 소리
—남해의 몽돌밭에서

남해안 작은 어촌
달빛이 출렁이는 밤바다
거기로 가자

좌르르르~ 쏴~아
거대한 조리로
몽돌 일리는 소리
씻어 내리는 소리

언제부터 퍼올렸을까
이렇게 넓은 몽돌밭이 되기까지

어린 소녀는
토끼 귀를 세우고
스마트폰 속으로
여름밤을 저장한다

바람 소리
물결 소리

별자리 헤아리는 소리
낚시꾼의 발자국 소리도

지금
재생 버튼을 누르면 살아날까
까마득했던 그날의 추억들이

소녀야
지금은 청년이 된 소녀야
이제는 배우고 알아가야만 해
귀퉁이가 닳아야만
몽돌이 되는 사연을

그리고 잊어버리지 말자
그날의
그 아름다웠던 해조음.

산방산 용머리 해안에서

거대한 용 한 마리
퇴적암으로 굳어버린 해안
파도가 부서지며 만들어 놓은
기묘한 해안 절벽

먼 나라의 풍경 속으로 들어가듯
아버지와 아들과 아들의 아들이
용머리를 따라 걷는다
아버지를 부축하고
할아버지를 부축하고
울퉁불퉁한 돌길을 걷는다

너럭바위 좌판 위에
멍게 해삼 한 접시 올려놓고
아들은 아버지의 잔에 술을 따르며 말한다
"행복이 별것입니까 이런 것이 행복 아니겠습니까."

코로나가 잠시 주춤한 8월 중순
햇볕은 쨍하고
바위 등을 타고 철썩이는 바닷물은
하얗게 부서지고.

신병훈련 수료식

해병대 신병훈련 수료식,
레바논의 백향목처럼
장엄하게 도열해 있는 마린보이들 가슴에
빨간 이름표들이 외치고 있다
"한번 해병은 영원한 해병이다."

"오셨어요?"
하얀 이빨을 보이며 웃고 있는
볼이 발그레한 내 손자,
차가운 바닷바람에도 몸이 익는구나
와락 달려올 줄 알았는데 너무 커버린 아들,
"넌 훈련을 즐겼던 거야?"
엄마는 투정을 부리는데
아들은, 어르듯 엄마를 안는다

아들의 품이
기도의 불 속에서 연마된
솥뚜껑이네.

치사랑*
— 딸 내외와 함께

봄이 무르익어가는
동해안 해변

젊은날의 추억이 어린
영랑호 둘레길을 걸었다

솔가지 사이 햇살 가득한
설해원雪海園*의 아침
높고 푸른 하늘 향하여
주님을 찬양했다

너희들 환한 웃음 한 가득
양양 바닷가에 남기고 온 잔상
내 가슴에 그림으로 남아 있네

내리사랑은 있어도
치사랑은 없다는데
넌 항상 그랬지
치사랑은 이런 것이라며

나의 빈 잔을
넘치도록 채워주던 너.

*치사랑 : 손아랫사람이 손윗사람을 사랑함.
*설해원 : 강원도 양양비행장 옆에 있는 골프텔.

.

아르바이트

으스름 새벽
발목까지 차오른 눈밭
새벽불 밝힌 24시 매장
주님께 기도드린 후
첫 손님이 오기 전
전화를 걸어오던 너

붉은 제라늄 창가에서
나는 네 전화를 받곤 했지

신새벽의 새소리
아침을 여는 밝은 목소리.

시계

태엽이 풀린 시계는
세월이 가는지 오는지 모른다
10시가 되어야 아침인 줄 안다
커다란 추를 축 늘어뜨리고
온종일 빈둥거리며 말한다
왜 이리 세월이 빨리 가냐고
투정부리다, 어느새
해는 서산에 걸렸네.

그랬었는데

한 곳에서 나고 자라 부부의 연을 맺었지만
같은 것 하나 없고 모든 게 달라
오랫동안 낯이 설었다

당신은 하늘 나는 땅인지라
나는 내 이름을 지우고
당신의 그림자로 살았다

날개를 활짝 펴고 세계 속을 누비며
기러기의 선두주자가 되어
당신은 가족을 이끌었다

목소리는 높고 강했으며
행동은 재빨라 뒤돌아보며 호령했다
그랬었는데

강산이 수십 번 변한 어느 날
당신은 날개를 접고 둥지로 날아왔다

단단한 껍질을 벗고
오늘 부드러운 깃발 하나
팔순의 고지에 꽂았다

돋보기 속에서
멀어져가는 기억을 찾고
내 목소리에 쭈빗거리며
재촉하기 전에 일어나지 못하는
느림보가 되었다

슬그머니 내 이름을 부르며
엄지척을 한다.

병동에서

뼈저리게 홀로였던
절대 고독의 밤에
당신은 울고 있는가

칼톱으로 당신의 가슴을 가를 때
난 모래알 같은 밥알을 삼켰다
간병으로 지친 어느 날 밤엔
내 몸이 더 무거운 줄 알았다

홀로서기란 외롭고도 서러운 것
제 몸 하나 가누기도 쉽지 않은 당신,
당신은 혼자였다

아,
시간이 흐른 후에야 알게 하시네

아리엘*,
가슴을 열고 제물로 바쳐질 때
당신을 품에 안고 계셨던 분

사람들 깊이 잠들었던
그 외로운 밤의 병상을
홀로 지켜주셨던 분을.

*아리엘:하나님의 제단, 하나님의 사자, 하나님의 도시라고도 함.

회상
—결혼 55주년에 부쳐

밤이 깊어간다
벽난로엔 빨간 불이 타오르고

55년 전,
첫 항해를 시작하던 그해
겨울바다는 넓었다
미지의 세계에 대한 설레임보다
결빙에 대한 두려움에 숨을 죽였다

오랫동안,
희망과 절망의 파도타기를 익혔다
드디어 숙련된 항해사가 된 줄 알았다

아니었다
배의 키를 잡고 있는 내 손등 위로
포개어진 그분의 큰 손

벽난로 불빛에 흔들리며
붉게 물들어 있었다.

고희
─서귀포 사이프러스 리조트에서

서귀포 달빛이 저리도 고운 것은
당신의 은총 때문입니다

폭신한 침상에서도 잠들지 못함은
당신을 향한 고백이 길어지기 때문입니다

꿈속을 헤매는 남편과
두 방 가득 잠들어 있는 자녀손들은
내 투박한 텃밭에 심겨진 나무들입니다

때로는 손길이 미치지 못해도
스스로 자라게 해 주시고
자기 몫의 꽃을 피우게 하시는 이는
당신이십니다

칠십 성상星霜 달려온 길목에서
고운 달빛이 당신을 찬양합니다

푸른 초원을 달리는 바람 소리가
당신을 찬양합니다.

금혼식 가족여행

껑깡나무 자몽나무
이름도 알 수 없는 분홍색 꽃가지
오토바이에서 흔들리는
구정 명절 거리

근위병들의 호위를 받으며
유리관 속에 잠들어 있는 호찌민
죽어서도 죽음을 누리지 못하는 듯

하노이에서 하롱베이로 가는 길
전깃불도 켜지 않은 집들
가로등만 푸른빛을 내고 있었지만

열네 명의 행복한 웃음소리
이국의 밤을 깨웠다

바다의 계림 하롱베이,
물기 없는 승솟동굴,

모래를 운반해서 만들었다는 티톱섬
그 모래톱 위에 우리의 발자국을 남겼다

다시 돌아온 하노이의
호안끼엠 호수, 호아루 포로수용소
쩐꾸옥 사원 근처
소문난 망고아이스크림

기억하고 있는가
우리 얼마나 서로 사랑했는지.

팔순 풍경

코로나로 모임이 자제된
2021년 만추의 계절에
벽면을 메운 오곡 물결
'Happy Birthday 80'

팔십 평생 잘살아왔노라 박수치는
한 아름 꽃바구니 눈이 부시고
슈퍼맨처럼 잘 싸워왔다고
현수막에 새긴 자녀들의 응원
'아빠는 우리의 영원한 히어로'

자녀들의 편지글 단비처럼 내리고
입 모아 불러준 '어버이 은혜'
마른 논에 물 들어오듯 적신다
머니건으로 쏘아올린 축복이
동구 밖에 내리는 눈발처럼 쏟아진다

소박한 풍경화 한 폭
감격해 떨고 있다.

제4부

봄날 회상

인동초 忍冬草

사랑의 굴레에 묶여
세상사 곁눈질하지 않고
한 울타리 안에서만 뿌리를 내리고
인동초 모진 꽃을 피웠느냐
더 줄 것 없어 온몸 망가질 때까지
한 울타리 안을 맴돌 때
그 향기가 그렇게도 좋더냐

착해서 서러운 친구야
네 분신들은 화려하게 피어나
세상을 휘젓고 다니는데
온몸 한 점 남김없이 소진시킨 너는
그 곱던 모습 어디 두고
요양병원 담장 안에서 뒹굴고 있느냐

갈래머리 시절
보랏빛 주렴 등나무 아래서
무지개 꿈을 꾸던 친구야
이제 혼미한 너는, 너를 잊었지만

결코 잊을 수 없는,
착해서 서러운 나의 친구야….

봄날 회상

기억나는가
살얼음 풀리는 갯가에
연초록 부리들 다투어 터지고
애기 민들레 하품하며 깨어나던 날들을

봄꽃들 팝콘처럼 터질 때
수줍은 수양벚꽃
온몸을 붉혔지

하늘 품은 봄날의 호숫가 *수내정藪內亭에서
투박한 사투리로 엮어가던
우리들의 이야기들

밥집을 향하던 느릿한 발등 위로
계절 따라 달라지던 햇볕의 감촉

COVID-19가 지워버린 일상
그리움으로 돌아보는
봄날 회상.   *수내정:분당 중앙공원 안에 있는 정자.

인연

헤아릴 수 없는 인연의 줄
한 줄로 꿰어본다면
아득한 하늘 어디까지
닿을 수 있을까

사랑과 외롬이 공존하던 시절
내 편이었던 사람도
남의 편이었던 사람도
날줄과 씨줄로 얽히어
한 줄 인연의 끈이 되었네

기억의 저편에 밀려난 사람들도
숨죽인 채
인연의 줄을 잡고 있는데

세월 지나니
모두가 그리워지네.

촛불
—임페리얼 호텔에서 맞이한 생일

일곱 개의 촛불이 흔들린다
격랑의 1970년대, 애환의 날들이
밤하늘의 별처럼 되살아난다

광화문의 불야성
미지의 세계를 향하여 가슴을 열었던
청춘들의 요람,
사라센 광야를 타오르게 했던
불씨의 밭이었다

작열하는 황사바람 속에서 오일 달러를 캐며
허기진 조국을 위하여 땀을 흘렸던 시절

당신들은 독수리의 날개를 달았지
나폴레옹 보나파르트,
당신을 사랑했던 자가 말했지
그는 험한 알프스를 넘은 사나이라고

그 사나이가 오늘 내게로 와
일곱 촛불을 밝혀 주었네.

치어가 자라기를 바라며

홍천에서 보내온
빠가사리와 상추를 먹으면서
우직한 그가 생각난다

새소리, 물소리, 바람소리, 짐승의 소리
모든 소리가 모여 있는 개울 옆 외딴곳
장어 양식장에서
야인으로 홀로 살아가는 한 사람

외로움으로 건져 올린 빠가사리와
빛깔 고운 상추를 보며 중얼거린다
"치어가 잘 자라야 할 텐데,
팔뚝만 하게 자라야 할 텐데."

석양에 반짝이는 홍천강 물결이
목줄기를 타고 내려간다.

마지막 잎새

어두움은 깊어지는데
떠난다는 전갈을 보내왔네

갈 길이 멀어 인사할 겨를 없다며
이생에서 한마당 놀다 간다네
추억 한아름 남기고 간다네

속절없이 던지고 간
편지 한 쪽.

귀천歸天
– 별이 된 친구들을 생각하며

어느새 해는 서산마루에 걸렸구나
이따금씩 귀천을 알리는
별들의 소식이
무심했던 마음에 옹이 박힌다

아!
새털 같은 세월들
사랑한단 말 왜 그토록 아꼈을까

아침에 뜨는 해 저녁이면 지듯이
우리네 삶 또한
앞서거니 뒤서거니 가는 길이지만
잠시 스쳐가는 이별은 서럽다

그대들 가는 길
언젠가는 우리도 가야 할 길,
이제, 그 길을 준비할 때이다
우리, 다시 만날
그날을 바라보며
마른 목을 기도로 적신다.

봄은 오고 있는데
—봄날에 떠난 친구 혜경이를 그리며

봄은 오고 있더라
묽어진 가지에 새순이 돋고 있더라
저 새는 네 창가에서
사랑의 노래를 부를 줄 알았다

겨울이 지나야 봄이 오듯
밤이 깊어야 새벽이 오듯
죽을힘을 다해 견디어낸다면
그렇게 아침은 올 줄 알았다

그날이 오면
저 벚꽃길을 함께 걷자 했다
성복천이라도 좋고 정평천이라도 좋고
순희네 집 앞 한강변이나
성순이네 집 앞 여의도 벚꽃길을
'저 구름 흘러가는 곳'을 부르며
우리 함께 걸어보자 했다

그러나 너는,
무엇이 바빠서 그리 갔느냐
그곳이 얼마나 좋기에
모든 것 두고 훨훨 떠났느냐
이 세상 왔다 간 흔적 한 점 남기고
그렇게 속절없이 너는 갔느냐….

화담숲의 추억
―박철현 장로님을 기리며

청명 곡우 지나고
흘깃흘깃 여우비 내리던 날
우리 서로 동무 되어
소나무 군락지를 걸었지요

봄비 내리던 '원앙연못'
차담 나누었던 선한 웃음

답사 길에 데리고 온
어린 가랑코에
꽉 찬 나이 6년, 저토록 무성하게
꽃을 피우고 있는데

파주의 한 병원에서
사투를 벌이고 있다는 그대의 소식
풍문이기를 바랐는데
그대는 그렇게 덧없이 가고

양지바른 베란다 빈자리에

빨간 가랑코에 두 포기
옛이야기 하고 있네

꼬리를 물고 돌아가는
기억의 조각들.

하조대의 물결소리
—원효식 목사님을 그리며

산새 한 마리,
칼바위 끝에서 일출을 기다린다

줄지어 선 해송 사이로
하늘이 열리고
금빛 햇살은 바닷길을 만들고
해당화 한 그루 빨간 손을 흔든다

하조대 등대로 올라가는 길,
누군가가 지나갔던 어제의 길
오늘은 내 발길이 놓여진다

내일도
누군가가 지나가리라

벗이여
그대는 가고 없지만
그날의 추억은 맘속에 살아
하조대 물결소리 들린다.

갯메꽃
―투병 중이던 남편의 친구를 생각하며

해조음을 들으며
연분홍 갯메꽃 한 줄기
바위틈을 악착같이 기어오른다
봄바람이 에메랄드 바다 간질일 때
물속 수초들이 까르르 웃었다

카페 델문도
달달한 베이커리와 커피 향에
정담을 섞으며 우린 웃었다
일주일에 3번 투석하던 그도
따라 웃었다

오늘도 그는
사진 속에서 웃고 있는데…

카페 앞 야자수 곁에 서 있는 그대
그것이 마지막 인증 샷이 될 줄이야.

*델문도DELMOONDO: '세상에서'라는 뜻의 스페인어.
　　　　　　　　제주도 함덕해수욕장에 있는 카페.

라 파밀리아에서
―안윤주 교수의 초청을 받고

라 파밀리아 레스토랑
전망 좋은 창 가에
백발의 노인들이 앉아 있다

먼 길 떠난 친구들
듬성듬성 비어놓은 자리에
가만히 내려앉는 겨울 햇살
엠마오 제자들은 상념에 젖고

먼저 간 친구의 아내가
조근조근 들려주는 얘기 속에서
빈자리로 되돌아온 친구를 본다

슬픔을 가린 맑은 웃음
장난기 어린 말투가
아버지를 닮은 딸이
아버지 대신
아버지들을 만나고 있다.

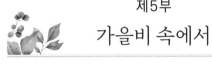

제5부

가을비 속에서

이슬처럼 풀꽃처럼

세상이 모두 잠든 사이
누구의 간섭도 받지 않고
풀잎에 맺히는 이슬이고 싶습니다
마른땅을 적시는 이슬이고 싶습니다

벼랑 끝에서 눈을 뜨는
풀꽃이고 싶습니다
누구도 원망하지 않고
자기 몫의 꽃을 피우는
외딴섬의 들꽃이고 싶습니다

당신이 부르시는 날엔
사라지는 안개
빈손으로도 넉넉히 돌아갈 수 있는
나그네이고 싶습니다

이슬처럼
풀꽃처럼.

보물찾기

보일 듯 말 듯
가까이 머물고 계십니다

옷자락 끝 살짝 보이시고
바람처럼 지나가십니다

산과 들에 보물 숨겨 놓으시고
몰래 웃고 계십니다

"찾았다."

게임 끝에 울려 퍼지는
숨긴 자와 찾은 자의
함께 웃는 소리

그 짜릿한 만남의 기쁨을 위해
오늘도 술래놀이를 합니다

"무궁화꽃이 피었습니다."

가을비 속에서

2016년 어느 날
가을비 속에서
내 야윈 어깨를 감싸 안으시며
너를 사랑한다 하시더니

오늘도 비는 낮은 목소리로
내 마음을 적시네
여전히 날 사랑하신다던 그 음성,
들리는 듯하여
창가로 다가가 귀기울이니

바람처럼 스쳐가는 음성
인장처럼 새겨진 그 음성.

청평호를 지나며

길을 잃었다
어둠이 내리는 북한강에서
기다려야 했다
파란 불 켜질 때까지

별무리 총총한
어둠 속 북한강이
침묵에서 깨어날 때,
내 마음에도
파란 신호등이 켜졌다

가속페달을 밟았다
멀리 예배처
불빛을 향하여

오늘 청평호를 지나며
뒤돌아본다
지나간 세월 어디쯤
오롯이 남아 있는 흔적.

불면의 밤

생각이 기차처럼 길어진다
기차는 쉼없이 밤 속을 달리고
생각은 꼬리물기를 하며 밤의 정점을 달린다
그대의 투박한 음성이 살아나고
발톱을 감춘 고양이의 눈빛이 서늘하다
아 아 이 밤,
한 줄기 따뜻한 잠이 그립다.

너는 누구냐

벼랑 끝에 버티고 선
검은 그림자
너는 누구냐

대답 없는 나무
조롱하는 싸늘한 눈빛만

온 밤 지나도록 씨름한다
환도뼈가 어긋날 때까지
그 밤, 얍복 나루의 야곱처럼

동틀 무렵
나무는 꺾이면서 말한다
"내 이름은 욕심."

꺾이어진 나무 위로
내려앉는 아침 햇살.

안경

당신의 안경을 쓰면
내 안 깊은 곳에 숨어 있는
묵은 티끌들 기어나오고
밤마다 마음을 찢던
채찍도 보입니다

외로울 것도 없고
불평할 것도 없고
스쳐가는 모든 순간이
나를 키우는 바람임을
새 생명을 잉태하는 숨결임을
알았습니다

오늘도
흔들리는 시력을 맞추기 위해
안경을 씁니다.

어른 아이

도망칠 수가 없다
아이는 혼자가 된다
외로움과 두려움의 벽 속에 갇혀
어른이 된다

어른 아이,
아무도 믿을 수 없어
자기 것을 움켜쥐고 살고 있지만
울면서도 빼앗기는 것이 아이의 모습이다
그래서 아이는 눈물이 많다

그 억울함을 호소할 길 알지 못해,
알지 못하는 것이 너무 많아서
그래서 눈물도 많다

무의식의 뿌리 속에서
울고 있는 어른 아이.

숨바꼭질

지진은 숨바꼭질이다
동무들은 영원히 찾을 수 없는
잔해 속으로 숨어버렸다
내리는 눈과 비는 술래의 눈물이다

튀르키예와 시리아, 경계가 무너졌다
제국의 유적들 흙으로 돌아가고
흙은 자기의 이름을 잊었다
지중해의 바람은 여전하지만
이제 꽃들은 개화를 멈추었다

안티키아의 잔해 속에서
그리운 이름을 불러본다
아, 사도여 바울이여
수리아의 안디옥이여.

항해

내가 주인 되었을 때
나는 나의 종이 되었고
홀로 두려움의 노를 저었다

사람이 주인 되었을 때
나는 사람의 종이 되었고
시키는 대로 키를 잡았다

주께서 주인 되셨을 때
나는 주님의 종이 되었고
내 키를 주께 넘겨 드렸다

거친 풍랑도
두려움이 아니라 설렘이었다.

빈 그릇

그릇의 크기를 가늠하면서
필요한 분량을 채우는 일
쉽지가 않습니다

더 담으면 넘쳐서
마음이 젖고
덜 담으면 모자라서
생각이 마릅니다

넘치고 모자라는 사이로
찬바람 스치고 지나가지만
결국은 알게 됩니다

마음의 결을 굳세게 하는
바람의 의미를.

찌꺼기

작은 일렁임에도
떠올라 흔들린다

기억의 쪼가리들
명치끝을 눌러댄다

숨죽이고 있다가
되살아나는
아궁이 속에 남아 있는 잉걸불*.

*잉걸불 : 다 타지 않은 장작불.

꽃기린* 다시 피던 날

가시투성이 속에서
사시사철
핏빛 꽃을 피웠다

잠에서 깨어난
어느 날
땅바닥에 선혈을 흘렸다

아,
동강난 줄기 받쳐 들고
빈 무덤에 옮겨 심었다

옮겨 심은 가지에
잎이 돋고 꽃이 피던 날
사방으로 퍼져가던
부활의 종소리

아리마대 요셉의 빈 무덤인가.

*꽃기린의 별명 - 예수님의 꽃.

연극은 끝났다

그는 어느 야산에서 걸인의 시신으로 발견되었다
초여름 햇빛 아래 백골엔 구더기가 득실거렸다 그는
거래의 달인 부와 명예와 권세를 마음대로 휘두를
줄 알았다 하늘의 이름을 걸고 기업의 이름을 걸고
한바탕 놀다가 갔다 막이 내리고 악역이 끝날 무렵
입을 벌리고 있는 무저갱, 심은 대로 거두는 그 끝없
는 추락.

돌아온 나사로

주님
나사로가 죽었습니다
심장은 뛰기를 멈추었고
뜨거운 피도 돌기를 멈추었습니다
기쁨도 사라지고 슬픔도 사라지고
하늘과 땅을 분별할 수 없는
어둠만이, 차가운 몸을 짓누르고 있습니다

그날,
올리브동산 돌무덤 앞에 서 계시던
당신의 두 눈에 눈물이 고였습니다
사람들 지켜보는 돌무덤 앞,
'아버지의 영광이 나의 영광'임을
큰 소리로 외치시던 이여

"나사로야, 나오너라."
명징한 당신의 목소리 하늘에 닿아
나사로가 살아났습니다
세마포에 싸인 채 걸어나왔습니다

건너지 못하는 강을 건너 돌아왔습니다

할렐루야!
사망권세를 이기고
나사로가 돌아왔습니다

죽은 자를 살리시고
마른 가지에도 꽃을 피우시는 이여
좌절에 빠진 이들
돌이킬 수 없는 덫에 걸린 자들
이들의 이름도 불러주소서
자비와 긍휼을 베풀어주소서
내가 살고 우리가 살겠나이다.

오, 라보니여

눈이 있으되 보지 못하고
귀가 있으되 듣지 못했습니다

그날 새벽 첫닭이 울기 전
가야바 법정에 서셨던 이가
이 땅에 오신 하나님,
바로 당신이었음을 알지 못했습니다

라보니여,
왜 침묵하셨나이까
왜 한마디 변명도 없었나이까
제사장들이 당신을 정죄할 때
빌라도는 손을 씻었습니다

유대인의 왕,
홍포를 입고 가시관을 쓰셨습니다
짐승처럼 채찍을 맞았습니다
노예처럼 짓밟혔습니다

비아돌로로사,
끌려가신 십자가의 길
여인들의 눈물이 뿌려진 길에
핏빛 꽃들이 피었습니다
애끊는 꽃들이 피었습니다

아, 저주의 나무십자가
심중에 품었던 말씀
피를 토하듯
"주여, 저들을 용서하소서.
저들은 자신이 지은 죄를 모릅니다."

당신의 말씀에 하늘이 열리고
십자가의 보혈이 꽃비로 내려
패역한 세상을 씻기고 있습니다

오, 라보니여,
영광의 구세주여.

부활은 소리 없이

내 속에 가룻 유다의 탐심이 꿈틀대고 있다면
본디오 빌라도의 배신이 숨겨져 있다면
유대인의 시기질투가 뿌리내려져 있다면
그때 그 자리에 나도 있었으리
갈보리 십자가 그 밑에 있었으리

"엘리 엘리 라마 사박다니"
당신의 처절한 울음소리
하늘 문 여는 소리

폭풍이 지나간 후
만물이 잠에서 깨어난 다음 날 아침
"너희가 찾는 예수는 여기 계시지 않고
살아나셨느니라"
꿈결 같은 천사의 말 전해들은
빈 무덤 앞의 여인들아, 말해다오

부활은 그렇게 소리 없이
아침 이슬처럼 스며드는 것이라고

그 영광이 만물 속에 가득하고
죽었던 가지에 꽃을 피우시듯
약한 자를 강하게 하시고
영원히 살길을 열어주셨네

오 주님
아리마대 요셉처럼 니고데모처럼
무덤 앞에 선 여인들처럼
부활하신 주님을 찬양합니다.

아무도 몰랐다

아무도 몰랐다
채찍에 맞아
피 흘리시던 그분이
누구이신지를

아무도 몰랐다
그 비정한 법정
한마디 변명도 없는
무거운 침묵
핏빛보다 붉었다

아무도 몰랐다
'주여 저들을 용서하소서'
피로 물든 나무십자가
목숨을 담보한 그 처절한 사랑을.

사유思惟의 강에서
건져 올린 잠언箴言

김 지 원
(시인, 전 한국크리스천문학가협회장)

사유思惟의 강에서
건져 올린 잠언箴言

김지원
(시인, 전 한국크리스천문학가협회장)

1.

시의 정의 중 한 가지가 '무한 다면체'라면 시는 꼭 짧아야 한다는 공식은 없다. 물론, 그렇기 때문에 길어야 한다는 당위성 또한 성립되지 않는다. 아무튼, 시가 가진 정체성이나 응축이라는 개념이나 표현 양식이 전통적인 모습으로 면면히 내려온 것을 감안한다면 지나치게 설명이 길거나 상식적인 범주의 직설적인 감성 노출로 아무 여과 없이 배설하는 것이 문학의 미래를 위하여 바람직한 것인지의 여부 역시 단정지을 수 없을 것이다.

행을 가르지 않고 붙여 쓴다면 산문과 전혀 구별이 되지 않는 상식이 시의 이름으로 독자들을 혼란스럽게 하는 이 시대에, 시인은 무엇이며 시인은 무엇으로 존재해야 하는가에 대한 진지한 성찰이 필요한 때인 것만큼은 분명하다.

정경혜 시인은 시력 30년이 넘는다.

그 연치가 보여 주듯 그의 등단 작품이자 첫 시집의 제

목으로 대변되는 「나목」에서부터 지금까지 시종여일하게 관류하고 있는 것은 여린 감수성의 창을 통해 바라본 세상이다. 따라서 그는 함께 공유했던 시간과 공간 그리고 스치고 지나간 사물과 사람에 이르기까지 모든 것들에 시의 옷을 입히고 언어를 탁마琢磨하는 손끝이 더 여물고 섬세해진 것으로 보인다.

　2.
　이번 시집에는 10행 미만의 단시도 보여 주고 있다. 단정한 이미지와 순간 느끼는 직관은 이전에 볼 수 없던 변화다. 언어 변용의 효율성을 느끼고 있는 증거다. 단, 시간은 현재 자신의 시간표를 「시계」나 「마지막 잎새」를 통해 환치시키고 있다.

　　　태엽이 풀린 시계는
　　　세월이 가는지 오는지 모른다
　　　10시가 되어야 아침인 줄 안다
　　　커다란 추를 축 늘어뜨리고
　　　온종일 빈둥거리며 말한다
　　　왜 이리 세월이 빨리 가냐고
　　　투정부리다, 어느새
　　　해는 서산에 걸렸네.
　　　　　　　　　　　　－「시계」 전문

상기의 시는 시계가 빈둥거리며 놀고 있는 모습과 세월이 왜 이리 빨리 가느냐고 투정을 부리는 모습을 통하여 내심 시계를 의인화시킨 듯하나 사실 시인 자신의 사물을 바라보는 여유와 해학을 담고 있다.

그리고 아래의 시 「마지막 잎새」에서는 낙엽을 바라보며 잠시 잠깐 머물다 가는 이생에서의 마지막 엽서 한 장쯤으로 사실감 있게 표현하고 있다.

어두움은 깊어지는데
떠난다는 전갈을 보내왔네

갈 길이 멀어 인사할 겨를 없다며
이생에서 한마당 놀다 간다네
추억 한아름 남기고 간다네

속절없이 던지고 간
편지 한 쪽.

—「마지막 잎새」 전문

그리고 그의 연치年齒가 보여 주듯 계절마다 달라지는 삶의 감촉을 통하여 지난 시간에 대한 그리움과 사라져 가는 것들에 대한 연민을 밀도 있게 묘사하고 있다.

아!
새털 같은 세월들
사랑한단 말 왜 그토록 아꼈을까

아침에 뜨는 해 저녁이면 지듯이
우리네 삶 또한
앞서거니 뒤서거니 가는 길이지만
잠시 스쳐가는 이별은 서럽다.

-「귀천」 2,3연

스산한 가을빛에
가슴 베일 것 같다 하시던
엄마가 생각난다

엄마의 계절 속에
어느덧 내가 와 있다.

-「엄마의 계절」 3,4연

특별히 상기의 작품에서 "새털 같은 세월들"이라든지 "스산한 가을빛에 가슴이 베일 것 같다"라는 감각적 표현이 신선한 이미지로 다가오고 있다.

3.

지식은 배움이나 경험을 통해서 얻어지는 것이지만 지혜는 사유와 깨달음의 바탕에서 터득된다. 특별히 금번 시집에서는 삶의 지혜로부터 발현된 상상력이나 조탁彫琢된 언어로 형상화시킨 작품들을 만날 수 있는데 이는 시인이 보다 원숙한 경지에서 삶을 조망하고 있다고 보아야 할 것이다.

> 그릇의 크기를 가늠하면서
> 필요한 분량을 채우는 일
> 쉽지가 않습니다
>
> 더 담으면 넘쳐서
> 마음이 젖고
> 덜 담으면 모자라서
> 생각이 마릅니다
>
> 넘치고 모자라는 사이로
> 찬바람 스치고 지나가지만
> 결국은 알게 됩니다
>
> 마음의 결을 굳세게 하는
> 바람의 의미를.
>
> —「빈 그릇」 전문

누구를 기다리나
내성천 무섬다리

태백에서 흘러온 물길
벗은 다리 희롱하고 스쳐간 자리
가신 임 되올까
사시사철 그 자릴 지키고 있나

낮달을 이고
하염없이 귀기울여 듣는
오고가는 물결 소리.

-「무섬다리」 전문

작은 일렁임에도
떠올라 흔들린다

기억의 쪼가리들
명치끝을 눌러댄다

숨죽이고 있다가
되살아나는
아궁이 속에 남아 있는 잉걸불.

-「찌꺼기」 전문

남아 있는 찌꺼기란 무엇인가. 마치 작은 일에도 잉걸불처럼 되살아나는 그것은 힘들었던 기억의 한 정점이거나 순간이었을 것이다. 분명히 버려야 될 것이고 망각의 강으로 흘려보내야 할 것이지만 매번 삶의 순간마다 떠오르는 아픔의 시간들이다. 그런데 다른 의미로 생각한다면 "은에서 찌끼를 제하라 그리하면 장색의 쓸 만한 그릇이 나올 것이요."라는 잠언의 한 부분이 연상되는 부분이기도 하다.

4.

기독시를 형태학적으로 분류한다면 결합된 시와 융합된 시로 나눌 수 있을 것이다. 결합된 시가 인위적으로 문학과 신앙의 접합을 시도하여 부자연스럽고 흔적이 남은 것이라면 융합의 시는 흔적이 없고 자연스러워 느끼게 하는 시라 할 수 있다. 다시 말하면 문학과 신앙의 조화로움이 바람직하며 육화된 시라는 뜻이다. 이런 의미로 볼 때 이 시집의 비교적 뒤에 자리하고 있지만 사실은 수록된 시 전편을 관류하고 있는 신앙 시편들에서 독자들은 거부감 없이 다가갈 수 있는 시인의 친화력을 느낄 수 있을 것이다.

아니었다
배의 키를 잡고 있는 내 손등 위로

포개어진 그분의 큰 손

벽난로 불빛에 흔들리며
붉게 물들어 있었다.
-「회상」4,5연

상기 시「회상」에서는 인생 항해의 출발점에서 보이
지 않는 손으로 붙들고 계시는 절대자의 손을 묘사하고
있다. 그리고 아래의 시「병동에서」역시 사람들이 모두
잠든 외로운 밤을 지키며 가슴으로 안고 있는 것을 절대
자의 은총으로 그리고 있다.

그의 작품 가운데는 외침이나 주장이 없다. 지나치게
난해한 부분도 없고 단조로운 호흡도 없다. 그는 서두르
지 않고 무리하지 않게 형상화시키는 방법을 알고 있기
때문이다.

아,
시간이 흐른 후에야 알게 하시네

아리엘,
가슴을 열고 제물로 바쳐질 때
당신을 품에 안고 계셨던 분

사람들 깊이 잠들었던

그 외로운 밤의 병상을

홀로 지켜주셨던 분을.

−「병동에서」 4,5,6연

　　정경혜 시인이 앞으로 얼마나 더 새로운 모습으로 독자들 앞에 나타날는지 알 수 없다. 그는 다작이 아니다. 그렇다고 과작寡作도 아니다. 단지 중단하거나 느리지 않은 보폭으로 천천히 사유의 길을 가고 있을 뿐이다. 그리고 금번 시집 서두에 실은 그의 작품 「녹음」에서 보여 주듯 날마다 푸르러지는 초록의 세상을 꿈꾸고 있는지도 모른다.

소나기 지나간 뒤

매미 소리 청량하고

바람이 분다

온갖 나무들이 흔들린다

나도 흔들린다

천지는 초록.

−「녹음」 전문